Buenas costumbres

Denise Phé-Funchal

Denise Phé-Funchal

Buenas costumbres

Buenas costumbres
Denise Phé-Funchal

Segunda edición

Ilustración de portada: *Overthere*, Marianne Garnier
Foto de la autora: Eny Roland

Impreso en Guatemala
Printed in Guatemala

F&G Editores
31 avenida "C" 5-54 zona 7,
Colonia Centro América
Guatemala
Teléfonos: (502) 2292 3792 – 5406 0909
informacion@fygeditores.com
www.fygeditores.com

ISBN: 978-9929-700-52-9

Guatemala, junio de 2019

La gente es rara. Nunca he podido acostumbrarme a la idea de que también soy gente, y que a lo mejor confunda mi propia muerte con otra cosa.

Rafael Menjívar Ochoa
Cualquier forma de morir

Rueda

Apenas recuerdo cómo es caminar. Por las noches me invaden imágenes de mis pies pequeños, pies de pocos años que tocaban el piso de tierra del cuarto. Caminaba y papá me cargaba, creo que era papá. Luego dejé de verlo. Desapareció. Desde la ventana lo vi alejarse, bajar los caminos del barranco al final del callejón. Sólo se escucharon entonces en el cuarto mis pasos y los de mamá, que lloraba por las noches y caminaba de la cama a la puerta esperando de madrugada, de mañana, al mediodía, de noche y de nuevo de madrugada. La señora del cuarto de junto le hablaba de una silla, intentaba convencerla de sacarme a la calle. A mí la calle me gustaba mucho, me gustaba ver la gente pasar. De madrugada me levantaba y me paraba junto a mamá, ella al principio me cargaba, besaba mi cabeza, mis cachetes, pero luego comenzó a enojarse, comenzó a decirme que me parezco a papá, que seguramente la iba a dejar en cuanto creciera, que ella quedaría sola.

La vecina entró esa noche con la silla. Mamá y ella hablaron quedito. Algo dijeron de un alquiler y mamá le dio unas monedas. Pocas monedas. La vecina se marchó y mamá me explicó que como papá no estaba debía ser yo quien saliera a trabajar. Me dijo que no importaba que fuera chico, que era mejor, a la gente no le gustaría verme trabajar y que pronto haríamos una pequeña fortuna, unos ahorros para poner una tienda en la ventana del cuarto. Mamá dijo que mi trabajo sería estar sentado en esa silla y la acercó a mí. Dijo sentate y que ella me llevaría por las calles. Esa noche mamá y yo reímos, dimos vueltas por el cuarto con la silla. El trazo de las llantas marcó la tierra de la habitación.

Estar sentado mucho tiempo no me gustaba. Nos íbamos al parque y yo quería bajar de la silla, correr tras las palomas como los otros niños. Quería subirme a la fuente, quitarme los zapatos y mojarme los pies. Pero mamá retenía mi cuerpo con una mano en mi hombro y repetía, cuando sentía mi deseo de pararme, que mi trabajo era estar sentado y que el suyo era alzar la mano a los paseantes, pedirles una ayuda por el amor de dios para que yo pudiera usar mis piernas.

Pasamos los meses de calor, pero el día en que cayó la primera lluvia mamá estaba a unos pasos comprando panes, tuve frío, no quería mojarme y me levanté de la silla, salí corriendo hacia donde estaba ella. El señor de los panes se hincó y abrió los brazos, gritaba milagro, milagro.

Mamá me tomó de la mano furiosa, me jaló, me llevó hasta la silla, ordenó que me sentara y desaparecimos entre los árboles. No volvería a ver las palomas en mucho tiempo, ni volvería a ver la fuente. El piso de tierra del cuarto absorbió esa noche mi sangre, tragó mis gritos, se robó mis palabras. Mamá descargó su furia sobre mí, gritaba mientras me pegaba con una silla desvencijada, que mi trabajo era estar sentado, qué no entendía, por qué yo no entendía que ése, únicamente ése, era mi trabajo. El cuerpo entero me latía, ya no podía hablar. Pasé días en la cama, mamá lloraba y me regañaba, decía que lo merecía, que era mi culpa. La vecina, que llegaba todas las noches por sus monedas, aconsejó a mamá amarrarme a la silla, tapar mis piernas con una colcha, mejor si está sucia. La mujer fue a su habitación y volvió un momento después con una cuerda de tender y una colcha a cuadros gris y olorosa. Le dijo a mamá que cuando me bajaran los moretones y volviéramos al trabajo podría pagarle el alquiler de la colcha, la cuerda era un regalo.

Mamá me cuidaba, intentaba que mis heridas desaparecieran, pero mi piel no cedía, seguía morada y verde. No volví a hablar claramente, los golpes me desviaron la boca. La mujer de la par decía que era perfecto, que así no nos faltaría la comida, animó a mamá a sacarme así, lleno de moretones, ahora casi mudo, y le aconsejó decir que papá me había pegado antes de dejarnos. Por la mañana la mujer volvió. Ella y mi madre me cargaron, me sentaron sobre la silla y amarraron mis piernas a las barras de hierro que sostenían el asiento. Le dijo a mamá que no volviéramos al parque, que buscáramos un lugar cerca de comercios, cerca de donde las personas gastan, y pueden sentirse perturbados al verme y lavar la conciencia a base de monedas, de un billete eventual.

Los primeros días fui un éxito decía mamá. Las personas que bajaban del supermercado volteaban el rostro al verme, hurgaban entre sus bolsas y bolsillos y ponían en el vaso plástico que mamá extendía unas monedas que ella escondía al instante –según le había aconsejado la mujer de a la par– y volvía a tender el vaso vacío. Cuando el color verdusco de mi rostro desapareció por completo, cuando mis palabras comenzaron a fluir de nuevo, la gente dejó de depositar dinero en el vaso y mamá comenzó a gritarme de nuevo que no estaba haciendo bien mi trabajo. La vecina llegó por su paga y dijo algo al oído de mamá. La mujer se retiró diciendo que podríamos pagarle el alquiler luego. Mamá buscó ansiosa un trozo de madera. Los moretes reaparecieron, las palabras volvieron a perderse, el vaso se llenó de nuevo de monedas.

Apenas recuerdo cómo es caminar. Por las noches me invaden imágenes de mis pies pequeños, pies de pocos años que tocaban el piso de tierra del cuarto. Mamá me mantuvo amarrado a la silla hasta que no fue necesario, hasta que los golpes me liberaron de la cuerda y me entregaron al silencio. Mamá dejó de golpearme cuando las personas comenzaron a evitar mi piel multicolor, nos volvimos invisibles cuando la duda se asomó en los ojos de quienes nos miraban a diario. Mamá dejó de golpearme pero las palabras no volvieron. Mamá dejó de golpearme y decía que por eso no podría poner la tienda, que el dinero no sería nunca suficiente, que seguiríamos pidiendo una ayuda por el amor de dios para llevarme al médico invisible y comprar medicamentos sin nombre.

Mamá discute con la mujer de a la par que le dice que necesita la silla, que alguien más le ha ofrecido un buen alquiler. Mamá replica que casi han pasado treinta años, que la silla es nuestra, pero la mujer se niega a escuchar razones. Mamá le dice que piense en mí, que qué será de mí sin la silla, que cómo haremos para comer, que ella ya está vieja, que está cansada, la mujer responde que ése no es su problema. Mamá y la vecina parecen dos viejos buitres parados en la mitad del callejón, discutiendo, picoteándose. Mamá me ha dejado acá, a la salida del cuarto. El día cae sobre el barranco, el cielo está amarillo y morado como yo el día que las palabras me abandonaron. Mamá y la vecina llegan a los gritos, la mujer se aleja, mamá la sigue por el callejón. Las veo alejarse como a papá por el camino empinado, paran a la orilla del barranco, discuten, gritan. Las veo alejarse y el cielo está morado, azul, casi verde. Nunca perdí el movimiento en los brazos, mi única libertad era alejarme unas ruedas de mamá, atrasarme un poco al atravesar la calle, dejarme ir en algunas rampas para sentir la emoción de la velocidad, dejarme ir. Como ahora, rumbo a ellas, hacia el barranco, hacia el cielo que se parece a mí.

Uno

Si cuentas de uno a cien, decía mi hermana, dormirás. Siempre cuento uno, dos, tres, nada. No puedo volver a dormir. Quiero dormir, pero los párpados no me cubren más los ojos, la luz los atraviesa, me despierta eternamente y no puedo volver a dormir. El sueño eterno dicen en el funeral, el sueño de los justos, el sueño. Todos los días es la misma escena, infinita, resonante, quisiera escapar y no sé cómo. Escapo y siempre regreso a este espacio acolchonado, aterciopelado, finito. El cuerpo ya no me cabe, piernas y brazos se salen ya de la caja. La escena es la misma. Leticia en la primera fila, sus piernas cuelgan sobre la alfombra. La escena comienza siempre en el mismo lugar. Leticia de piernas colgantes, Leticia que se para y sube los escalones, Leticia que me habla a través de la tapa de vidrio, Leticia que dice si cuentas de cien a uno despertarás, Leticia que cuenta cien, noventa y nueve, noventa y ocho, Leticia que llora cuando llega al uno, Leticia que dice que debo contar con ella, Leticia. Leticia que abre la caja y toma mi mentón frío entre sus manos, intenta hacerme hablar, grita. Mamá. Mamá que llega y la toma, la arranca de mi rostro, Leticia me araña pero no duele, no sangra. Papá que se acerca con el maletín de cuero en la mano, papá que lo abre, que saca una jeringa, las tías que la toman por las manos, por las piernas, Leticia que patalea, Leticia que grita, que llora. La gente se arremolina alrededor de la escena, dice que duermo el sueño de los justos, que duermo el sueño eterno hasta el día del juicio, que estoy en el cielo con los angelitos, y los ángeles no existen, no existe el cielo, sólo este regreso infinito. Leticia duerme, y yo siempre dentro de la caja, mi caja, viéndolo todo, escuchando todo. No puedo levantar mi espectro, sólo girar la cabeza. En este estado todo es transparente, puedo ver a través de la madera y con el tiempo aprendí a ver a través de los cuerpos, a desaparecer para mi vista y mis oídos a la gente de la escena, a reintegrarlos cuando los quiero escuchar una vez más. Casi siempre escojo quedarme sólo con Leticia que duerme sobre las sillas del fondo, me quedo con sus ojos que se mueven bajo los párpados. Me quedo con su gemido y sus lágrimas. Pero Leticia no me ve, Leticia no me ve. Vuelvo a la escena, elijo a quién ver, a quién escuchar. Mamá no llora. Me gusta oír a las vecinas que hablan quedito y dicen que habrá empanadas más tarde, una de ellas guiña un ojo y muestra un recipiente plástico, las mujeres sonríen y cuando el cura pasa, disimulan la sonrisa tras los rosarios que llevan en la mano, que se han deslizado entre sus dedos mientras hablan de mi muerte, mientras hablan del hombre de los libros por abonos. Era un hombre fino, murmuran, de manos largas y traje azul y la más joven suspira y confiesa que de chica le gustaba verlo pasar desde la ventana, le gustaba la manera como se levantaba el sombrero para saludar a las mujeres. Lo tomaba por la corona –que parecía perderse bajo su mano extendida, larga, delgada– y lo levantaba, juraba ella, siempre a la misma distancia mientras inclinaba la cabeza y miraba directo a los ojos a la mujer que le abría la puerta. Siempre quise que tocara a la mía, pero era papá el que se quedaba en la casa –lamenta la joven– y a papá no le interesaban los libros. A nosotras tampoco, dice la mayor, y las demás sonríen tras los rosarios. Leticia duerme, enfoco a mamá que llora en una esquina, ninguno la consuela, nadie la toma por los hombros ni la reconforta, sé que las lágrimas le mojarán el vestido hasta formar una mancha que parece la orilla de la playa. La gente aparece, se sienta, reza por sí misma, no por mí, no por el descanso eterno de mi alma. Morí cuando tenía seis años y Leticia ocho, ahora soy más grande que ella, y ella sigue allí, tan chica, tan niña, dormida a la fuerza, con los ojos en movimiento, con los párpados arrugados. Crecí para protegerla. Leticia. Pero protegerla es imposible. No me ve, no me escucha. Papá no se acerca nunca a la caja, nunca me mira, papá fuma afuera con los otros hombres. Las mujeres disimulan el miedo tras rezos y murmullos. Dos viejitos duermen en la segunda fila, entre sueños se toman las manos y la hija de uno le dice al oído acá no papa, acá no, y separa las manos masculinas que se acarician en sueños, antes de que la gente los vea, antes de que la gente hable. Niños juegan cerca de las flores, no entienden. Si uno de ellos pregunta, los demás responden

–como los adultos– está durmiendo, duerme el sueño de los justos dice el más grande, y entonces juegan en silencio. Uno de ellos, a quien no conozco, se levanta y se acerca a su mamá y pregunta por qué a mí no me van a ver cuando duermo, cuándo van a llegar todos a verme dormir y la mujer lo abofetea y luego lo abraza. El chico llora en silencio para no despertarme. Yo no puedo dormir, a pesar de que cuento de uno a cien como me enseñó Leticia. Las mujeres hablan del hombre de los libros, algunas tiemblan, puedo ver a través de sus costillas y ver el corazón de algunas latir más fuerte cuando se habla del hombre de los libros. Ya no hay libros, todos los han quemado dice una de ellas, parece que este niño es el último –dice aliviada–, mientras su corazón se acelera a escondidas, ya ni el padre tiene la biblia, los han quemado todos. Papá entra y se acerca a mamá, la abraza, las mujeres suspiran mientras temen, los hombres retienen la respiración mientras dudan. Papá le dice al oído que la maleta está lista, que luego de llevarme al cementerio no vuelva a aparecer, que no la quiere cerca de su hija. Mamá llora. El hombre de los libros, suspira una anciana y suspiran generaciones, disfrazando el temor bajo la nostalgia, mamá percibe el suspiro y todo pasa de nuevo por su cabeza. Ayer es siempre mi cumpleaños. Papá llega con una caja redonda y sonriendo me la entrega al entrar. Conozco la caja, es el sombrero del abuelo, del abuelo y de papá cuando eran chicos. Ligeramente veo las manos de mamá que tiemblan, la veo murmurar un dios mío. Abro la caja y papá radiante lo saca y lo coloca sobre mi cabeza. Mamá sonríe, Leticia aplaude y papá me dice que me descubra la cabeza frente a las damas. Lo tomo por la corona con mi mano extendida, larga, delgada y veo a mamá directo a los ojos. Mamá llora, papá se levanta, se abalanza sobre mí, me patea, me pega, arranca pedazos de cabello, Leticia llora. Duermo, duermo hasta que despierto acá en el espacio de este ataúd que me queda grande. Los niños de mi edad han muerto, muerto por sus manos delgadas, muerto por su mirada fija que busca el alma de las mujeres, muerto por manifestar el deseo de hacer la primera comunión en traje azul. Mamá despierta a Leticia, le dice que debe despedirse de mí, de mi cara saturada de maquillaje. Es necesario cerrar la caja, cerrarla para que tu hermano pueda dormir, le dice y Leticia llora, se inclina sobre mí y me dice al oído quiero dormir contigo. Mamá cierra la caja, toma la mano de Leticia y juntas ponen el seguro. Veo a través de la madera la gente que poco a poco se marcha, la noche llena las ventanas. Van a enterrarme como a los otros, va a enterrarme mamá, sin nadie más, nadie me cargará, mamá jalará mi ataúd hasta el cementerio y luego partirá sin despedirse de Leticia que duerme cuidada por la abuela que sueña con el hombre de los libros. Papá le dice a la abuela que cuide a Leticia mientras él espera a que mamá termine conmigo. Papá sale con mamá a buscar las cuerdas para arrastrarme hasta el cementerio. La abuela duerme, Leticia medio dormida se levanta y se acerca, quita el seguro, abre la tapa, se acomoda junto a mí, cierra la tapa, me abraza y duerme de nuevo. Mamá nos arrastra hasta el cementerio, Leticia duerme y me dice que cuando estemos abajo contará hasta cien para dormir, le digo que no duermo, pero no escucha. La tierra cae sobre nosotros. Leticia duerme y yo no quiero que duerma conmigo. Intento despertarla pero ella duerme. Pienso en ella, sentada en la primera fila.

Pequeñas cañas

Quieren que los deje y no puedo. No quiero. Busco a los pescadores asesinos de angustias y les hablo de ellas, de las que creo muertas. Los pescadores asesinos dicen recuéstese, abra la boca, e insertan pequeñas cañas y gordos gusanos. Me dicen silencio, no respire que las espanta, y ellas permanecen inmóviles, pegadas a las paredes de mi cuerpo. Los pescadores asesinos dicen, después de unos minutos, que no han picado, y veo en ellos el brillo de la duda al que inevitablemente sigue la indicación de describirlas. Entonces hablo de ellas, a propósito las confundo –las angustias se manifiestan sólo si se les llama por su nombre y apellido–, digo que la azul tiene las pecas de la amarilla y que ésta porta el traje verde de la oscura. Recuéstese y abra la boca dicen los pescadores asesinos y me explican que será necesario usar otra carnada. Se ponen guantes y mascarilla, redecilla y lentes, abren una de las miles de gavetas que adornan las habitaciones. Veo al techo fijo, como siempre, escucho huesos quebrarse, como a veces, y la sangre quedita toca el piso. Mantenga la boca abierta, dicen los pescadores asesinos e insertan con la caña un nuevo colibrí decapitado que cuelga hacia el centro de mi estómago. Es la carnada perfecta dicen, sonríen los pescadores, no se angustie dicen los asesinos, que huelan la carne, la sangre y que inserten sus filas de dientes en el cadáver. Una hora con la boca abierta. La boca seca y la saliva que se escurre por la pajilla que han colocado, como tantas otras veces.

El asesino pescador de turno se sienta en el sillón de enfrente, toma nota sobre el curso de las manecillas, sobre la saliva de colores que escurre de mi boca, toma nota del movimiento de mis pies, y dibuja el tic de sus ojos que siempre miran los relojes. Una hora y nada, la caña no se mueve. Las mariposas –signo inconfundible de sanidad– no salen de mi boca. El asesino se inquieta, el pescador se emociona, el asesino pescador deja su lugar, se acerca, saca la caña entre enojado y triste, dice que puedo levantarme. Toma el colibrí decapitado y lo pone sobre su escritorio, toma nota del estado intacto del cadáver y yo enjuago mi boca de la que sale un ala de mariposa que escondo en mi bolsillo. Son trescientos me dice, y luego explica que ellas mutan, me dice la hora de la próxima semana, me da la mano y con la mirada me da una palmada en la espalda, me dice no se preocupe ya encontraremos el cebo perfecto.

La calle espera, la cabina telefónica de siempre espera. Ahora sé que están vivas. Se acercaron al colibrí, lo aspiraron, pasaron sus pequeñas lenguas por el cuello y me susurraron al oído: éste no es el nuestro.

Mi cabina brilla, me espera, la puerta se cierra tras de mí, la guía telefónica sonríe cuando la tomo. Tacho el nombre del pescador asesino y, en la larga lista que no me ha conocido aún, elijo un nombre al azar.

Ruido. El teléfono agradece el alimento, canta su silbido largo para mí, una vez, dos veces.

–Clínica del pescador asesino número setecientos ochenta y nueve ¿en qué puedo servirle?

Luna

Como todas las noches de luna nueva desconecto el sistema eléctrico y el teléfono. Nunca llega a la misma hora.

Lo vi la primera vez en viernes santo, siguiendo la entrada de la dolorosa. Vestido completamente de negro, listón de terciopelo al cuello, la mirada perdida en los rostros de gente que no lo notaba. No escuchaba sus pasos, pero sabía que estaba tras de mí, caminando sin prisas. Antes de entrar a casa, me giré. No había nadie. A lo lejos se escuchaba el cerrar de las puertas del barrio, los pasos apresurados de los vecinos. La imagen de su piel casi transparente, de los labios delgados, de sus manos sosteniendo el cirio procesional, se repetían en mi cabeza. Lo recordaba mirándome, sorprendido, atento a mi cuerpo, a los botones de mi vestido. Luego lo perdí de vista. La masa que salía de la iglesia me arrastró hacia una esquina. Caminé pensando en él, sintiéndolo tras de mí, intentando darle una edad, un nombre, un aroma, una textura a sus manos largas y nudosas. Cuando cerré la pequeña puerta de casa, encontré sus ojos infinitos alumbrados por el cirio del altar de semana santa colocado a la entrada de casa. No pude gritar. Con movimientos suaves cerró las cortinas y luego posó el cirio sobre la mesa. Mi cuerpo quedó mudo mientras él se acercaba casi sin tocar el piso, su energía me empujaba contra las cortinas. No hablaba pero su voz retumbaba en las paredes de la casa, encontraba su eco y me inundaba, no podía pensar, no podía más que dejarme llevar. Me perdí en caricias subcutáneas, en palabras no pronunciadas, en un cuerpo sin cuerpo, sin carne, sin peso que me acorralaba a la ventana. Sus manos no lidiaron con los botones, recorrieron mis piernas, abriendo paso al viento que simulaba la humedad de su boca. No recordé cómo gritar con la boca, pero mi cuerpo lo hizo, lo hicieron los poros, los nervios, mis ojos cada vez que se encontraban con sus pupilas dilatadas, que absorbían mi voluntad y me transmitían imágenes de él en vida, de su entrada en el cuerpo de mujeres sin rostro, de mujeres de claustro, de señoritas que, ocultas en las esquinas, dejaban que les acariciara la curva de los pechos, la línea de la espalda, mujeres que tragaban deleites, que entreabrían la boca e impregnaban de aromas prohibidos sus faldones. El viento imitaba el peso de su cuerpo contra el mío, imitaba la textura del terciopelo de su traje, de su piel de fantasma, el gusto de su cuerpo, a veces amargo, a veces suave y dulce. El viento también calcaba su ansia rígida y en medio de caricias alargadas, de besos frescos, de conatos de aullido, me tumbó despacio en la alfombra. Mi cuerpo vivía bajo su espectro que se tornaba frío y luego cálido, despertaba mis poros y los hacía suplicar, que me llevaba a la inevitable necesidad de perderme en su inexistencia, de desear que su nada entrara en mi cuerpo, que se abriera paso y ocupara mis espacios, que jugara a entrar y a salir, a esconderse, a desaparecer. Su boca parecía multiplicarse, me llenaba de besos, sus dedos jugaban ciegos, amenazando con recorrerme por dentro. Me dio un beso en la frente y en un instante pasaron ante mí historias de antiguas amantes, de pieles ya muertas, de pasillos secretos y carnavales. Imágenes y rumores me saturaron y me llevaron al borde de la vida, a punto de partirme desde el centro en mil pedazos para estallar y convertirme en parte del viento, como él. Mi corazón latía y los poros capturaban su piel, el viento, el calor del cirio que nos alumbraba, sus historias, todo se metía en mí y me recorría el cuerpo, las venas bombeaban buscando encontrarlo, buscando la muerte y él sonreía, me escalaba despacio, mi cuerpo se ajustaba a él, a su ritmo, a sus juegos de fantasma, como las monjas que lo creyeron cristo, las señoritas que no lo miraban y que creían que pecaban en solitario en su habitación, al recuerdo de su muerte en duelo, a la imagen del disparo que golpeaba su cuerpo al ritmo de su estallido dentro de mí. Luego desapareció y el viento en la ventana imitó su voz. Volvería cada luna nueva.

Costumbre

Café. Cigarro. La última página del periódico. Una mañana más. El obituario no lleva mi nombre.

FLORES

Todos los días saco las pequeñas afiladas tijeras, corto un pedacito, una ramita a punto de nacer. Acaricio tu tierra con el rastrillo que forman mis uñas casi largas, casi cortas, sonrío y te dejo soñar. Pienso en vos mientras manejo el auto, en tu ser que adorna mi sala, que admiran los amigos que se sorprenden de la dedicación a tus ramas, del cuidado de las flores que nacen en el lugar adecuado, en el lugar en el que quiero que estén y que te adornen.

La casa era una selva que papá cuidaba, dejaba que las flores, las ramas, los troncos crecieran sin parar. Podaba sólo cuando estaban a punto de hacer daño o de lastimarse. Los árboles invadían los espacios, dejaban sus hojas y flores por todas partes, era casi imposible sentarse sin encontrar una, sin su follaje zumbando en los oídos. Lo detestaba. En silencio yo soñaba con árboles pequeños, de ramas lindas y chicas, con pequeñas flores. Pequeñas, que no cayeran sobre los muebles, que no hicieran ruido al contacto con el viento, con la lluvia, con el sol. Quería silencio. A los trece dije que no quería ramas en mi cuarto, ni flores, ni ruido de follajes. Cerré la puerta y las ventanas. Aquí no entran flores, dije furioso cuando papá me reprendió por podar una que intentaba decorar mi habitación. No quiero, dije y seguí soñando durante años.

Te vi junto a la ventana, pequeña, con flores discretas que adornaban pocas ramas. Ramas magistralmente podadas, pequeñas flores que no hacían ruido al contacto con el viento, que quizá solamente se retraerían con la lluvia, flores que no adornarían mi habitación. Ahí lo encontré. El orgulloso jardinero que fumaba un cigarrillo en la entrada de la casa. Que admiraba su silenciosa obra en la ventana. Me acerqué, le pedí fuego y pregunté si no le molestaba que me quedara allí, fumando. Admirando. Tenés manos de podador, me dijo mientras me observaba fumar. Sonreí y dije que siempre había soñado con árboles chicos. Me invitó a pasar y me dijo que me sentara en la sala, que en cualquier momento podaría y que él podría mostrarme cómo usar los instrumentos. Las afiladas y pequeñas tijeras. Era un maestro. Podaba y el ruido de las tijeras se escondía tras sus palabras. Era tan suave. Tan pequeños los cortes. Luego me dijo que volviera al día siguiente, que me enseñaría el resto del jardín. Me habló del agua y del alimento, de cómo y cuándo darlo, de cómo rastrillar la tierra. Me advirtió que no dejara el agua en el plato bajo las plantas, y me confió que si éstas la tenían a su disposición todo el tiempo, las raíces se pudrirían o la planta crecería de maneras no deseadas, las flores nacerían sin control. Me llamó su aprendiz y me dejó, día tras día, ver cómo te podaba. Cómo sus palabras suaves y condescendientes aliviaban el paso de las tijeras. Comenzó a pedir mi opinión sobre tus ramas, sobre tus flores. Yo decía ésta me gusta, pero esa definitivamente no, dejemos aquélla para ver qué pasa, pero siempre podemos cortar. Y vos te dejabas, estabas tan acostumbrada a los cortes y recortes, a las palabras que calmaban el dolor, que convencían a tus ramas de no dar más flores, que pronto aceptaste que yo te podara y él observaba sonriendo complacido. Le dije que te quería para mí y dijo que sus plantas necesitaban las condiciones necesarias, que si la luz, que si el viento, que si los espacios abiertos y enormes para que siempre estuvieras consciente de tu pequeñez, de la necesidad de mis cuidados. Sonreí y dije que sí, que todo lo había tomado en cuenta, tus necesidades para hacerme feliz, para podarte por siempre. Preparamos todo y te tuve. Dios bendijo la unión y te pasaste a vivir conmigo.

Nunca dejés –me dijo tu padre– un día sin podar. No olvidés rastrillar la tierra con las uñas y si alguna vez una flor quiere nacer sin tu permiso, podés usar tijeras grandes para cortarla, para amedrentar a la rama. También conviene, decía cuando hablábamos por teléfono, que de vez en cuando la levantés de la tierra, la separés de lo que necesita, se lo negués y entonces cortá las raíces. A veces, las plantas quieren crecer sin que las veás y se alargan hacia abajo. Si no revisás cada cierto tiempo si han crecido, pueden esconder enormes raíces que luego levantarán el piso y allí necesitarás hachas y golpes para cortarlas o deberás sacarlas definitivamente de casa. Le hablé de mi casa, de las flores que todo invadían, y me contó de tu hermana, de cómo la había sacado definitivamente de la familia. Ellas no saben que las flores son dañinas, que molesta el ruido, que quita la belleza natural, la belleza que debe ser moldeada por un jardinero. Con vos nunca he tenido problema. Sos perfecta, cuando una flor cosquillea tus ramas, me contás, preguntás si es correcto que nazca y sonriendo corto las peligrosas, las que te harían extenderte por la casa o por el mundo, las que alejarían a los amigos espantados por flores incontrolables, por sonido de viento chocando contra el follaje. Sé que sos feliz, que tu padre hizo el trabajo que el mío detestaba. Sé que te gusta dormir abrazada a mí, sintiendo la seguridad de mis tijeras y que cuando me abrazas, en sueños, pedís que no te separe de la tierra, que corte tus raíces pero que te devuelva pronto a tu lugar, al enorme espacio que te recuerda que sos pequeña y que yo soy el gran jardinero, que alimenta tus ramas, tus raíces, que pronto sembrará más semillas en la tierra. Semillas que quizá al nacer necesiten ser podadas o, si dios nos bendice, semillas que crecerán para ser jardineros.

Directamente nunca

Decidí matarlas a todas de hambre. No podían quedar testigos. Por las noches, mientras leía, se posaban frente a mí. Inquietas, me interrogaban con sus grandes ojos cafés. Preguntaban por comida. Les decía que había comido fuera, que no tenía tiempo para pasar al súper y les daba mil excusas y promesas de comida que nunca llegaría. Prometía.

–Te van a enjuiciar por asesino –me dijo Marcos al verlas, estás provocando un lento apocalipsis. Deberías contratar a un sicario y te deshacés de una vez del problema. Es más humano.

–Ni loco, no podría imaginarlas agonizando. Por lo menos de tanta hambre ya casi no hablan.

Las cucarachas comenzaron a ponerse nerviosas. Cuando me creían dormido, las escuchaba discutir sobre mi problema, que cuánto duraría, que de quién era la culpa, que no comprendían. Algunas hablaban de crear estrategias, otras de dialogar conmigo, de terrorismo reactivo, de irse a la huelga. Un selecto grupo, con las conexiones necesarias, emigró al apartamento inferior. Antes de irse se despidieron, me dijeron que comprendían mis medidas, que permaneciéramos comunicados por si me arrepentía. De vez en cuando me mandan postales de rincones del apartamento del vecino, algunas fotografías y una que otra invitación para ser padrino de algún bautizo. Las que se quedaron continúan cuchicheando bajo la librera. Si me acerco se dispersan a toda velocidad por la sala, se hacen las locas. Otras hacen el amor en una esquina intentando distraerme.

Los plásticos y papeles dificultan su digestión. Los residuos de café son nefastos para las más chicas, no tienen alimento para compensar la energía que les provoca y les succiona. Quieren conmoverme. Dejan los cadáveres sobre mi cama, sobre los sillones y en la ducha. Por las noches, los sepelios. Prenden los residuos de mis velas, bajan las gradas llorando con las muertas sobre el lomo.

Las más viejas y sabias encabezan la procesión. Dos filas laterales a las muertas avanzan rezando en latín. Los deudos y las viudas cierran el desfile. Algunas marchan cargando sus huevos sobre la espalda. Luego, los nueve días. En mi cuarto. Bajo la cama. Les rezan a las ánimas benditas y comen platillos de papel y plástico. Esperan que no quede indiferente ante tanta muerte.

Cada día aparecen decenas de cadáveres por todo el apartamento. Pero no puedo seguirles el juego. Las conozco a todas por sus nombres y he derramado algunas lágrimas por las más queridas cuando nadie me ve. Un asesino como yo no tiene derecho a demostrar sentimientos, así que hago mi duelo fuera de casa y paso a la parroquia a prender velas por las almas de las muertas. Nunca he podido matarlas directamente, no podría vivir con el remordimiento. No podría dejar de escuchar el crujido de su cuerpo gelatinoso bajo mi zapato, como cuando mamá las aplastaba y sus gritos de dolor me trepanaban los tímpanos. Tampoco podría bañarlas en insecticida y pensar en su angustia al ser asfixiadas. No podría.

Tengo que acabar con ellas. Mantienen vivo tu recuerdo. Tú estás en cada una, en sus huevecillos, en sus hijas, en las hijas de sus hijas, en sus bisnietas. Una de las más chicas tiene tu misma boca. Hay otra, una más crecida, su voz suena como la tuya. Las que comieron tu brazo querían permanecer juntas y se han ido con el vecino. Me acompaña el resto de tu recuerdo.

Las cucarachas me han escrito, planean emigrar a París. No me atormenta saber que parte de vos estará dando vueltas por la Tierra, pero lejos de mí, con el vecino que se va y se lleva todas sus cosas.

Se han ejecutado ya las primeras fases del traslado. Tienen localizados varios puntos de escondite. Las gemelas partirán entre los libros para estudiar francés durante el viaje y no tener problemas de comunicación al llegar. Sabés que son unas intelectuales.

Con la política de hambre he aniquilado, luego de tres semanas, tu pie izquierdo. La medida es eficaz mas no rápida, ahora comen libros y ropa para sobrevivir. Me hablan de tu sueño de una noche de verano y se pasean con sus alas rojas como tu suéter de cuello alto.

La comida se ha acabado, también los muebles, sólo quedan esqueletos de madera y de metal por toda la casa. Por la hambruna quedan solamente las que se alimentaron de tu cabeza, tu teta izquierda, el lunar de tu brazo, el índice, el meñique y el pulgar de la mano derecha, parte del ombligo y residuos de pulmón. Hay algunos huevecillos, pero la mayoría se han secado, no nacerás de nuevo. Algunas sobrevivientes me llaman asesino, malparido.

Ayer por la noche se acercó una de ellas, una con ojos de anciana que voló con dificultad hasta mi sillón, interrumpió mi lectura con su voz deshidratada preguntó por qué las mataba, me dijo que sabía que yo las había amado y que no comprendía qué pasaba. Le expliqué que la guerra no es contra ellas, es contra tu recuerdo, que trataba de sacarte de mi memoria, dejar que murieras con ellas, no conmigo. Dijo que comprendía, pero que la responsabilidad era mía por no dejarte partir, por animarlas a consumir tu cuerpo hasta acabar con los huesos. Me dijo que eran poco menos de trescientas, que habían decidido quedarse porque me amaban, porque tú y yo habíamos alimentado a sus hijas por generaciones, pero dijo que no era justo que ellas murieran de hambre y yo no, y anunció que habían decidido no dejarme salir, no encontré las llaves. No hay comida. Cuando intento acercarme a la puerta, se lanzan todas contra mí, suben y bajan por mi cuerpo, me hacen cosquillas. No he podido acercarme a la puerta.

Podrías contarme las costillas. Otras han muerto. Sólo quedan pedazos de tu rostro y el dedo meñique. Se han trasladado a mi cuarto, me rodean y esperan. Tengo los ojos secos. No sé cuántas quedan. Se mueven a mi alrededor, rozan mi piel. Hablan con voz baja. Alguna camina sobre mí. Se para sobre mi nariz. Extiende sus alas ante las fosas y la respiración la empuja hasta la mitad de mi boca. "Todavía no", dice bajito para que no la escuche o para darme miedo.

Me dejaste solo. Te pudriste frente a mí. Te pusiste amarilla. Yo te amaba. No podía perderte. Tampoco acostumbrarme a no llamarte. No sentirte.

No sé cuántas quedan, pero escucho más ruido en la habitación, llantos de pequeñas. Creo que se han alimentado de mi piel muerta, de los cabellos que he perdido por el ayuno. Una de ellas, una muy joven, pequeña y ágil, se cuela por mi oído. Explora, sale y dice que aún sigo vivo. "No tardará", dice otra.

Zapatos

Los zapatos de un hombre deben estar siempre limpios y brillantes ya que son el reflejo de su inteligencia y de sus aspiraciones. Los zapatos de un hombre deben ser respetuosos para quienes los merezcan y deben ser un espejo de almas que le permita saber con quién está hablando. Los zapatos de un hombre decía mi padre que vigilaba que no quedaran rastros de betún en mis zapatos escolares. Luego comenzaba con las camisas y la integridad del alma mientras mamá planchaba. La luz mortecina de cincuenta watts vibraba y llenaba el ambiente y mi cerebro de un zumbido desesperado que imitaba los pensamientos de mamá. El polvo esperaba suspendido en el aire para caer y evitar la escena de la vela. Él ahorraba. El foco se apagaba a las siete todas las noches y una vela alumbraba las cercanas paredes por unos minutos más. El polvo pensó que pasaría desapercibido. Esa noche dolió mi madre. Le había asignado el título de señora del polvo y éste se había sublevado. Educar con el ejemplo. Dolió tanto esa noche que el polvo se posó sobre ella de madrugada y le murmuró cariños al oído. Pantalón planchado y camisa almidonada. Zapatos brillantes. Camino de charcos que evito una y otra vez. Sentado en recreo y guantes para comer. Las uñas. Las uñas de un hombre. Sus pantalones. Los cuadernos y la letra de un hombre. Integridad y limpieza. Honor. Dedo sobre la mesa. Inspección cercana del pliegue de las sábanas. La señora de las sábanas. La señora del hogar limpiaba desde la mañana al ritmo de los ronquidos de mi padre. Se desplazaba en silencio y despertaba al polvo dormilón antes que los párpados ansiosos se abrieran. Mamá no salía. Yo iba a la tienda. Mamá no salía porque al menos una vez por semana el polvo no se despertaba a tiempo. No volvía a suspenderse en el aire antes que él abriera los párpados y entonces ella pagaba. Él educaba y las heridas y la piel morada se apoderaban del cuerpo de mamá. Entonces yo iba a la tienda. Todo el que perturbe el ambiente de un hombre merece castigo. Educar con el ejemplo decía cuando descubría betún en mis zapatos o una be inclinada. La letra de un hombre repetía mientras cubría de rojos y morados mi trasero. Un hombre respeta sus impulsos y exige satisfacerlos. Un hombre exige silencio para acabar pronto y no andar con tonterías. A mamá no le gustaban las tonterías y lloraba de agradecida cada vez que él se satisfacía al llegar. Decía que mamá era una buena mujer que se quedaba quieta. Un hombre necesita una mujer que no moleste y que no hable. Una que mantenga limpio el espacio del hombre. El hogar. Un hombre necesita una señora de hogar. Casa. Seguridad. Él le daba seguridad a mamá. Sólo yo tenía la llave para regresar de la escuela e ir a la tienda.

A un hombre no le importa el color de la piel de su mujer. Un hombre escoge el color de piel de su mujer. Mi padre disfrutaba del color verdoso de la piel de mamá y sonreía mientras tocaba las costras que le adornaban mejillas y piernas. Buscaba la punta de sus zapatos brillantes en los huesos. Responsabilidad. Disciplina para mantener el ambiente puro. Severidad para educar. Él educaba a mamá. Le decía del polvo y de las sábanas. Le advertía sobre la línea del pantalón en este lugar y del cuello de camisa doblado exactamente a esta altura. Pero mamá no entendía y él educaba. Volvía a decirle cómo deben ser las cosas y la tomaba del cabello para que las palabras le entraran al seso. Y ella no aprendía. Un hombre es constante y repite las lecciones y los castigos. La castigaba. Le quitaba el color de la piel y mamá se olvidaba de todo. Olvidaba las palabras pero él se las recordaba. Limpieza. Honor. Integridad. Rectitud. Los zapatos de un hombre. Gritos. El centro de la mesa no estaba justo bajo el foco de cincuenta watts y la candela no estaba al centro de la mesa. Pero ella no aprendía. Nunca pudo y no volvió a ocurrir. Mi padre limpió y limpió durante un tiempo y otra mamá llegó pero se equivocó pronto. Su piel tomó el tono verde luego de unos días de parches morados. Sus costras se secaron y comenzaron a desprenderse. Yo seguí yendo a la tienda. Un hombre disfruta educar. No se te olvide. No quiero al volver tener que educarte.

Partiré mañana

Partiré mañana pienso cuando siento que te levantás de la cama. Mantengo los párpados cerrados hasta que notás el movimiento de los ojos, de las pestañas y tu respiración me anuncia que si no los abro en ese momento te sentarás a mi lado y comenzarás a hacer preguntas. Te digo buenos días, sonrío y finjo estirarme. Tu aliento deja de chocar contra mis huesos. No puedo verte, no quiero verte, mis párpados siguen cerrados pero sé que sonreís. Luego dirás buenos días amor, te acercarás y estamparás un beso húmedo en mi frente. Siento el espacio entre tus labios como un enorme abismo, una fosa fría que despedaza todo lo que cae dentro. Cuando siento que finalmente voy a ser destrozada, que tu respiración hará chocar mi cuerpo en cada pico, que me arrastrará hasta el fondo, cuando siento que comenzarás a preguntar si no te veo a la cara, abro los párpados y encuentro tu corbata de martes, es martes. Es martes y algunos días me separan del fin de semana, de los eternos sábados en los que me convierto en la compañera perfecta, en la madre ejemplar, en la que sonríe y habla del tiempo, de divorcios de estrellas, de niños, de todos menos de mí. Es martes y partiré mañana, me digo al verte de espaldas, vigilando mi rostro desde el espejo mientras arreglás tu corbata. Sonrío con la esquina de la boca y mis ojos parecen perderse en el reflejo de los tuyos en el espejo. Eso te hace feliz, te tranquiliza y te deja partir sereno. A mí me regala el silencio, el olvido de tu voz durante el día. Cuando salgás por la puerta y el motor de tu auto se pierda tras los árboles que rodean esta casa, volveré a las sábanas y desde dentro conjuraré a las paredes para que no proyecten tu cuerpo por los pasillos, para que tu voz no se asome a las ventanas. Pero aún estás acá y la representación no termina. Abrirás la puerta, llamarás a la sirvienta, le tenderás el saco y dirás que lo coloque en tu auto. Mientras tanto te observo desde las sábanas, exploto la sonrisa de chiquilla de la que te enamoraste y con voz acorde –que cada vez se resiste más a salir– digo que tengo frío y que me levantaré luego, que quiero dormir un poco más, hasta que los chicos se levanten, que en vacaciones los días son más largos, más cansados, que tus hijos requieren más. Escucho los pasos de la sirvienta que atraviesa el pasillo presurosa, el traspaso del saco, tus indicaciones de última hora y la puerta que se cierra tras de vos. Hoy es martes, no pasarás el pestillo, no sentiré tu cuerpo ansioso, tus manos no me arrancarán del calor de las sábanas. Es martes, solamente te inclinarás sobre mí y me darás un beso largo, una imitación de nuestras tardes en el techo de casa. Te daré mi lengua y mis labios tibios, respiraré despacio mientras te beso, despacio para que no dudés de mi buena voluntad. Si no encontraras mi boca, si no respondiera de la misma manera, comenzarías a preguntar. No quiero contestar, no quiero arriesgarme a eso, prefiero partir sin explicaciones, mañana. No quiero contestar porque no sé qué diría, no quiero pensar en tus preguntas. Terminás de besarme y mantengo los párpados cerrados mientras la presión de tu cuerpo sobre el mío desaparece, esbozo de nuevo la sonrisa y te escucho partir tranquilo. Los chicos duermen.

Las sábanas me cubren completamente, me gusta hundirme en ellas, el bebé aún no llora, puedo soñar un momento con las cosas que me gustaría hacer, con el tipo de mujer que quisiera ser, con viajes y amantes, con universidades lejanas y un cuerpo sin cesáreas. Respiro el aroma del mar que conocí cuando escapé de vos. Escucho el mar que combate los acantilados y siento la mano del hombre, de cualquier hombre que recorre mi cuello. Pero tus hijos me llaman, el pequeño llora, la sirvienta toca la puerta, tengo que dejar el mar.

Me gusta perderme en los libros, en los míos porque los tuyos no existen. Tus hijos juegan a mi alrededor y me llaman madre. Pero yo no los he parido, ellos partieron mi cuerpo, dejaron sus sonrisas en él, se alimentaron de mí, robaron mis horas de sueño, secuestraron mis sueños, la posibilidad de volver al mar. Me escalan, suben al escritorio y hablan, me ven con tus ojos, exigen. Son tus hijos. Ellos también amenazan con preguntar. El bebé me explora con la mirada, intenta meterse en mí, el otro por desgracia ya habla, en cualquier momento puede preguntar qué pasa mami y no quiero escucharlo de su boca como en las pesadillas. No quiero que alguien pregunte. Partiré mañana sin decir nada.

Van a ser las doce. No tarda en sonar el teléfono y en escucharse tu voz del otro lado preguntando cómo va todo, si los chicos se preparan para comer, si yo he salido o si pienso salir. La sirvienta vendrá como siempre y me llevará el teléfono al estudio. Lo tomaré y le diré antes de responderte que es hora de que los chicos coman. Hola amor –diré suavemente– cómo ha estado tu día, y vos responderás lo de los martes, día de reuniones, te espero por la noche, voy a salir a tomar un café, los niños se quedarán con la niñera que hoy ha regresado tarde de su pueblo, pero que ya está acá. Preguntarás con quién salgo y ojearé la agenda para ver o inventar con quién he quedado.

Tus hijos comen, me cambio, les doy un beso y salgo. Allí está mi auto, podría ser hoy, pero debo hacerlo con cuidado. En el camino repasaré los pasos para escapar sin huella. Cuando llegue al café, un poco antes de la hora acordada, pensaré en los cambios al plan que debe estar listo para esta tarde. Quisiera tomar notas, pero las encontrarías en tus inspecciones nocturnas a mi bolso y mis bolsillos. La gente llega, se sienta, habla y yo me olvido de vos, de tus hijos, de la casa rodeada de árboles, de la sirvienta y la niñera, del colegio, de tu trabajo, de la habitación que compartimos. Mi sonrisa es verdadera, puedo ser un poco como quisiera, pero el miedo me invade cuando los otros hablan de sus sueños, cuando sus miradas me encuentran y están a punto de preguntar. Entonces vuelvo a pensar en vos y todo toma tu forma, siento un viento frío en la parte trasera de la nuca, un viento que me atraviesa el cuerpo y entonces hablo, hablo hasta el cansancio, hasta que siento que puedo volver a vos con pocas palabras.

Te encuentro al volver. Hablamos de tu día, del mío, del de tus hijos, de las vicisitudes del hogar, de las noticias, de lo que comimos. Mi sonrisa de chiquilla está siempre para vos, para detener tus preguntas. Te acompaño a la cama, vemos la tele un rato, apoyo mi cabeza en tu hombro para dormir tu voz, dejo que me toqués, que tus labios encuentren los míos, que tus brazos me atrapen hasta que quedés en silencio. Pero has tomado la costumbre de hablar hasta que yo duerma. Me robás la noche en el mar, tu voz es más fuerte que las olas, tus brazos no permiten que él acaricie mi cuello, la presión de tu cuerpo alrededor del mío me adormece.

Sueño que mis maletas esperan escondidas en el armario junto a la puerta, sueño que he tenido tiempo de prepararlo todo, que esto no se repetirá mañana, que jamás habré de contestarte, que volveré a los acantilados y a las olas que gritan conmigo mientras se quiebran.

Chapstick

Lo único que no detesto del ritual de ser mujer es el chapstick. Olga y papá entienden mi rechazo a los pomos multicolor colocados sin orden alguno en el baño.

Son las seis cuarenta. Mamá no tardará en llamarme al comedor. Debo ser bella. A mamá le importa mucho que me vea regia como ella, aunque me tome más de una hora frente al espejo arreglar las imperfecciones que a dios se le ocurrió heredarme de papá. Me gustaría decirle a mamá que me gusto como soy, aun con las anchas caderas que ella me recrimina, pero es imposible. La última vez que se lo dije me encerró en la alacena bajo las gradas, con varios botes de yogurt y algunas botellas de agua por dos días. Cuando mamá se descuidaba, Olga y papá se acercaban a hablarme, intentaban calmar mi llanto, me decían que mamá no es eterna y que en algún momento podré ser libre y quedarme sólo con el chapstick.

–¡A comer! –grita mamá, y ya sé que me espera el tradicional bol de granola con leche descremada, el jugo de naranja combinado con toronja para que mi cuerpo no retenga líquidos, media tostada plana y seca. Nunca he probado los huevos. Mamá dice que tienen mucha grasa y que el colesterol es dañino, que pueden pararme el corazón.

Mamá me ve fijo. Sonríe por un momento mientras determina si mi rostro es una obra de arte.

–Ojos, bien. Cejas, depiladas y peinadas. Un poquito más de corrector sobre la pendiente de la nariz para dar la impresión de ser más recta –la expresión de mamá cambia y se vuelve terrible al descubrir un vello escondido entre el maquillaje de mi barbilla–. Me grita y dice que eso no es perfecto, que vuelva al baño, que me lave la cara completamente y que recomience el ritual.

Así llegue tarde a la universidad. Mamá prefiere que vaya perfecta. Además, no desayunar me ayudará a mantener la figura.

Olga y papá son invisibles para ella. Intentan hablarle, pero se ha peleado con ellos y los ignora desde lo de Silvia.

–¡No llorés! –me dice–. Subí y te quiero de vuelta perfecta. Cambiate esas medias de una vez. ¡Qué vergüenza! ¡Pareciera que nunca te he enseñado que el Otoño no se usa con esos colores!

Me gustaría decirle que a mí me gusta así, que estas medias moldean mejor mis pantorrillas gruesas, pero es inútil. No es temporada para este color. Mamá tiene razón.

Veo sobre el tocador las cosas de Olga, que ya se ha ido. Me quito la blusa, tomo el tubo de crema. Nunca me he acostumbrado al olor, pero sigue aquí porque es la preferida de Olga. En uno de los algodones de color pastel pongo un poco, y la paso por mis mejillas. Cómo pude obviar el vello. Debo recordar siempre los lentes de contacto antes de comenzar.

Olga tenía quince cuando yo nací. En medio estaba Silvia, que murió el año en que yo cumplí cinco. Antes de esa época yo no jugaba a las muñecas como mis hermanas. Papá me llevaba al campo y sembrábamos árboles en el terreno de la abuela.

Silvia cayó enferma el día de mi cumpleaños. Comenzó a toser sin parar cuando lloraba. Mamá la encontró en un acceso de tos y principios de fiebre tirada sobre la alfombra. Me culpa, me recrimina por romper la muñeca rubia de mi hermana. Dice que eso la puso triste y la debilitó, era su muñeca favorita, la muñeca que mamá le compró al nacer. Salí corriendo y me escondí en el estudio de papá.

Ya no comimos pastel.

Olga me encontró y dijo que no era mi culpa, que seguramente había sido uno de los clásicos berrinches de Silvia, ya se le pasaría y que a mamá no le hiciera caso. Silvia era su consentida. Papá nos encontró en un abrazo y pasó su mano sobre mi cabeza.

–No es nada –me dijo–, sólo tené más cuidado.

–La crema no logra nunca quitar totalmente los residuos de maquillaje –dictaba mamá mientras la veíamos realizar su ritual–. Tarde o temprano se acostumbrarán a los baños llenos de botes y cremas. Recuerden que es muy importante tener siempre una buena apariencia. Especialmente tú, Silvia, que tienes el mismo cutis que yo, no debes olvidar nunca que después de quitarte el maquillaje tendrás que lavarte la cara con un jabón especial para tu tipo de piel, pasarte el tónico, esperar que seque y luego... –mamá explicaba el ritual nocturno y nos exponía las diferencias con el matutino.

Silvia quedaba hipnotizada ante la belleza y las lecciones de mamá, y mamá embelesada con los cabellos, los ojos, la boca, la piel de Silvia. Papá, que sabía cuánto nos aburríamos Olga y yo, aparecía en la puerta del baño y nos decía que le acompañáramos en bicicleta a cualquier parte.

Siempre pensé que solamente Silvia usaría maquillaje. Olga sólo usaba crema.

He completado la fase de desmaquillaje. Tomo las pinzas y arranco el vello de la discordia. Abro un pomo de crema rosada. Ésta nunca la comparto con Olga; su piel es tan distinta a la mía. Esparzo un poco en los dedos y me doy un masaje circular para que estimule la irrigación de mi piel.

Silvia se recuperó por unos días. Volvimos a jugar, fuimos todos con papá a ver a la abuela y comimos tirados en la grama. El sol caía sobre el rostro de mamá, pero no la iluminaba; estaba tan cansada por los días que pasó junto a Silvia. Esa noche al volver a casa, Silvia recayó.

La vecina, que venía de un pueblo más allá del de la abuela, llevó a un señor que pasó un huevo de gallina a pocos centímetros del cuerpo de mi hermana mientras oraba. El médico dijo que había algunas medicinas, pero que ya nada funcionaría; el sacerdote que solamente un milagro podría, que la paz del paraíso, y preguntó si la niña estaba bautizada. Mamá tenía cara de esperanza con el señor del huevo, se soltó en llanto ante el médico, le pegó al sacerdote y lo echó de casa. Nunca más pusimos un pie en una iglesia ni en una consulta médica. Silvia se tornó pálida y mamá la maquillaba para que guardara la apariencia rozagante.

Mi rostro ha absorbido la crema. No debo olvidarme de aplicar más corrector en la nariz. Mis vellos son persistentes; reviso que no quede ninguno. Mamá los detesta. Silvia murió tres semanas después de mi cumpleaños. A partir de ese día mamá me dice Silvia.

Mamá deambuló por la casa buscando las cajas con las cosas de Silvia cuando tenía mi edad. Sacó los juguetes y los vestidos llenos de naftalina, le pidió a doña Rosa que los lavara y que luego tomara el dinero que le dejaba sobre la mesa y se fuera, que no volviera más, ella se ocuparía de todo.

Olga y papá cayeron enfermos, pero no se fueron. Mamá peleó con ellos desde ese momento y continúa ignorándolos. Muchas veces la espié cuando lloraba sola en la sala, con una foto de Silvia entre las manos mientras recriminaba a papá y a Olga haber llevado la muerte a casa cuando ofrecieron un vaso de agua y comida a aquel mendigo.

Mamá me obligó a usar la ropa de Silvia, dejó crecer mi cabello, y lo alisaba para que mi apariencia fuera lo más cercana a la de mi hermana. Siempre que estaba a mi lado repetía: "¡Silvia, querida! ¡Qué hermosa!"

Extrañaba a papá, la bicicleta, los árboles en casa de la abuela, las carreritas con Olga. Pero mamá me necesitaba y aunque ellos le alegaran los ignoraba, nunca los escuchaba. El método de papá de hablarle al oído mientras dormía no funcionó.

Mamá compró una casa en otro lado. Decidió inscribirme en una escuela para señoritas. Tuve que aprender a ser una niña de verdad. Tuve que aprender el ritual.

La habitación de Silvia fue trasladada exacta. Todo lo demás lo vendió. Dejó de dormir en la cama matrimonial. Antes de quedarse sola en la habitación de Silvia, me hizo dormir con ella mientras la mía era transformada en una copia exacta de la de mi hermana.

Olga se ponía furiosa, entraba en mi cuarto cuando lo estaban cambiando, botaba las cosas de los estantes, tiraba los muñecos, la pintura sobre la alfombra una y otra vez. Varios grupos de trabajadores que mamá había contratado para cambiar la habitación no volvieron más, y mamá lo hizo ella sola a pesar de que papá comenzó a actuar como Olga. De nada sirvió.

Cada cierto tiempo mamá cambia las habitaciones según Silvia crece. Cuando tengo ganas de desordenar, tengo que copiar el desorden de mamá. Olga o papá me ayudan. Es el único juego que nos queda ya.

Difumino el corrector. Confirmo haber puesto un poco más en la nariz. Debe verse recta. Abro el pomo de base, tomo la esponjilla, le pongo un poco de producto y lo expando sobre mi piel.

–Debe verse natural –me decía mamá cuando cumplí doce y comenzó a explicarme el ritual.

–El truco es hacer creer que no llevás maquillaje, buscar un look natural. Contigo vamos a tener trabajo –siempre me decía lo mismo antes de explicarme el truco del maquillaje por centésima vez.

Mi cuerpo también fue de preocupación para mamá.

–¡Qué lata con vos! ¡No te salen los pechos ni las nalgas!

Mamá fue subiendo el relleno de mi sostén. La cadera amplia pero de nalgas planas fue moldeada por trucos de telas, y de vez en cuando un calzón con relleno. A los doce también se acabaron los dulces y los chocolates. Llevo siete años de dietas y ayunos. Nunca logro el peso ideal.

Sigo los consejos de mamá. Sombras gris plateado en combinación con la minifalda, delineador negro con destellos de plata para conquistar, máscara gris oscuro para acentuar las pestañas...

Tengo las mismas pestañas que Olga. Olga se fue hace unos meses, se presentó de madrugada en mi habitación, se sentó en el borde de la cama, se despidió y salió por la ventana. Dijo que no podía más con mamá, que catorce años de lucha invisible la habían agotado. Tenía que evolucionar.

Papá sería entonces el único fantasma en casa.

Me pongo de nuevo la blusa celeste. Doy un paso fuera del baño y recuerdo que no me he cambiado las medias. Voy a mi habitación. Busco en la cómoda blanca en la que las guardamos. Encuentro unas Verano. Me dan ganas de orinar, vuelvo al baño. Me quito los zapatos de tacón, subo la falda evitando arrugarla y retiro las medias para luego cambiarlas.

Me dirijo al inodoro y veo el espectro de papá cerca de la puerta que me sonríe.

–Dale, oriná. Yo voy a distraer a tu mamá para que lo hagás en paz.

Papá desaparece. Antes de orinar, recuerdo aplicarme chapstick.

Escucho a mamá maldecir en la cocina. Tengo tiempo. Puedo liberarme de estos malditos calzones que atrapan mi pene y orinar como hombre.

Manzanas

Papá y mamá compraban niños cada cierto tiempo, los colocaban en la sala, sobre la mesa del café, gozaban con verlos gatear, decir algunas palabras, contar los dientes que atravesaban las encías. Luego los dejaban allí, a su suerte, desgastando la madera de los muebles con los colmillos, peleando por el agua de las flores que mamá cambiaba cada mañana. Algunos restos aún adornan la casa luego de ser desplazados por los perros según su estética o su hambre. Los otros, los sobrevivientes, los que lograron abandonar la sala, ocupaban los espacios de la casa, se refugiaban del frío en los armarios, se apropiaban de los baños, de la cocina. Fui la primera que sobrevivió. Jugué con los huesos de los anteriores, con los mechones de cabello escondidos bajo los sillones. Aprendí a hablar, logré sostenerme y caminar. Mamá entonces decidió que era necesario que los sobrevivientes tuviéramos un lugar, un espacio propio, un lugar dónde estar cuando las visitas llegaran a casa. No es propio de ninguna buena familia que los niños corran por allí. Fui la primera en ocupar un nuevo espacio. Papá y mamá me regalaron una pelota de mimbre, una enorme pelota casi del tamaño de una habitación. Desde mi pelota, a través de los espacios entre las fibras que la componían, podía ver a los demás, a los que llegaban, a los que morían a merced de la sed y del hambre de los otros, que los devoraban despacio, como perros disfrutando de enormes huesos. Los sobrevivientes crecían, sus piernas se hacían fuertes.

Siempre creí que papá y mamá les comprarían su propio espacio, su pelota, pero no fue así. Uno a uno fueron entrando en la mía. Sin importar cuánto protestara, sin importar el llanto y el peso de mi cuerpo contra la entrada, cuando comenzaban a caminar, cuando dejaba de ser propio que gatearan por la alfombra y royeran los muebles, mamá o papá los metían conmigo. Nos alimentaban con restos de comida, cáscaras y agua de flores que dejaban caer por los espacios del mimbre. La lucha era intensa, las pequeñas manos atacaban. Dentro de la pelota no todos sobrevivían, el humor de los cuerpos y el deseo de la carne era más fuerte que todo. Los dientes afilados mordían todo a su paso, algunos sucumbieron y yo me hice de un fémur pequeño como arma de defensa. Me gustaban las cáscaras verdes, verdes y suaves, verdes de manzana, anunciaba mi madre cada vez que las metía en la pelota. A nadie más le gustaban. Dejé que ellos comieran el resto, que probaran trozos de carne no humana que papá nos daba cuando él no podía comer más.

Manzanas. Los demás jamás supieron de comer manzanas, de probar su cáscara. Jamás experimentaron su sabor en el cielo de la boca, ni de los mundos que se abrieron en mi cabeza al probarlas. Pequeñas historias y voces perdidas llegaban a mí. Ideas sobre los que estaban afuera de la pelota. Quería más que las cáscaras, quería probar la fruta que se escondía tras la verde piel, sabía que en cada mordida encontraría el mundo que existía fuera de la pelota. Sabía que las voces me inundarían, que las imágenes llenarían mi cuerpo. Tenía que salir, llegar al árbol de manzanas fuera de la sala, fuera del espacio de mis padres, lejos de los seres que inundaron mi pelota. Buscar los árboles fuera, más allá de las paredes que los guardaban. Con los huesos de otros que fueron comidos por los más fuertes, logré espaciar las fibras pero solamente una de mis manos cabía por allí, por el espacio de libertad. Necesitaba mis manzanas. Una noche, mientras los otros dormían, mientras sus gruñidos llenaban la pelota y rebotaban sobre las fibras, busqué fibras más separadas para abrir una brecha más grande, para escapar. Pero era peligroso, algunas muertes dentro de la pelota habían sido por intentos de escape, no podía hacer mucho ruido, no podía dejar que los otros me escucharan y que sus bocas se llenaran de saliva al pensar en mi cuerpo, en mi carne que sabía a manzana.

Al centro de la pelota estaban los desechos. Siempre los evitaba aunque los otros se divirtieran con ellos, aunque los demás llenaran de caca sus cuerpos. Mis huesos se habían alargado, la carne abundante los cubría, pronto sería un platillo inevitable para los otros, pronto querrían morderme y acabar conmigo. Las noches eran mías. Ellos temían cuando el poco de luz que nos alumbraba día a día desaparecía. Dormían acurrucados, lejos de mí, roncaban a una sola voz. Gracias a las manzanas sabía que la noche no me haría daño, que en ella encontraría paz y silencio. Tenía que disfrazarme, volverme como ellos para sobrevivir. Los había escuchado murmurar, sus ojos brillan en la oscuridad de la pelota, la luz que entra por las rajas de las fibras alumbra sus dientes amarillos, sus colmillos filosos. Decidí llenar de mierda mi cuerpo. Esperé a que el ronquido del sueño profundo invadiera el espacio y me acerqué al centro, a la porquería acumulada y añeja. Mientras me volvía como ellos, mientras el aroma a manzana se quitaba de mi piel y me cubría con una capa oscura de desechos, sentí fibras rotas bajo mis pies. Un escalofrío recorrió todo mi cuerpo al sentir el piso bajo mis plantas. La pelota estaba rota al centro, bajo la mierda. Los demás dormían todos juntos a un costado, si levantaba la pelota con cuidado no lo notarían.

Salí cubierta de porquería. Papá y mamá habían salido, se habían llenado de galas y estaban de fiesta, volverían tarde. Pude bañarme, el agua recorrió mi cuerpo, quitó la mierda, devolvió el olor a manzana a mi cuerpo. Limpié mis huellas. Pensé en explorar la casa, en salir al jardín y treparme en el árbol, arrancar unas manzanas y volver. Pero la noche se abría hermosa y oscura ante mis ojos. Tomé una manzana del árbol de mi madre y volvieron a llenarme imágenes desconocidas, voces que me hablaban al oído. Subí al árbol y comí todas las manzanas posibles, quedé dormida, hasta que los perros ladraron, hasta que el sonido de un motor me despertó, entonces me escondí en las ramas. Esperé a que mamá y papá entraran, que el cielo comenzara a aclarar y salí del patio antes que los de la pelota despertaran, antes que notaran mi ausencia y entre ellos comenzaran a morderse, a arrancarse la piel, a acusarse entre gruñidos por haberme comido sin compartir.

Mujer

Me encanta usar mi instrumento con vos, mujer. Amo cuando se abre paso por tu carne y me permite internarme en tus cálidos líquidos.

Recuerdo haber nacido, recuerdo el rostro arrugado de la comadrona, recuerdo los sonidos de mi madre al exiliarme de su cuerpo. Recuerdo los pechos con sabor a leña que me alimentaron.

Amo tus pechos mujer, ver cómo el sudor de tu cuello recorre los pezones que se endurecen a su contacto. Amo tus gemidos.

Mamá trabajaba en la caseta. Parada todo el día, sirviendo a los hombres que llegaban, le daban unos pesos y le pedían que los alimentara. Mamá se metía en la caseta y me dejaba sentado en las piernas de otra.

Tus piernas mujer, se mueven bajo mi cuerpo, me repelen y me jalan, intentan escapar. Amo el juego de tu cuerpo.

Mamá decía que no llorara, que ella debía trabajar, que de lo contrario no llegaríamos a ninguna parte. Pero nunca nos movimos. Recuerdo el sabor a leña, el mismo que disfrutaban los hombres que llegaban a la caseta. Los hombres que empujaban niños dentro de mamá.

Tu cuerpo, mujer, inmóvil sobre la grama. Un respiro cansado escapa de tu pecho tras los sueños violentos. Cerrás los ojos, querés dormir y yo no quiero. Quiero seguir hablando.

Recuerdo el rostro de la comadrona que con placer expulsaba niños del vientre de mamá. Me dejaba verlos, tocarlos, mamá decía que si ellos vivían nunca podría dejar de alimentar hombres por alimentarlos a ellos, como me alimentaba a mí.

Mamá nunca me hablaba. Casi no recuerdo su voz ni sus palabras. Mamá gritaba. Todo el tiempo gritaba. Incluso antes de morir no dejó de decirme malagradecido, andate, déjame sola.

Vos con tu latido débil, parece que querés lo mismo. Igual que ella querés que me aleje, que me vaya. Mujer. Mujer tenías que ser.

Hijo de puta me dijiste. Hijo de puta una y otra vez. Tuve que pegarte para que te callaras, igual que a ella. Ponerte la mano sobre la boca, para que no me la recordaras más. Hijo de puta.

Mamá me dijo, el día que la maté igual que a vos, que ni hijo de puta merecía ser llamado.

Te voy a contar otras cosas de mamá, mujer, tal vez así entendés y un poquito llegás a quererme.

Oscura

Siempre protegida de todo, del aire, de la vida, de los agujeros que esperan tragarme en cada calle, de los autos que amenazan con acabar conmigo. Cansada de la protección de mi madre, de la abuela, de mis hermanos, del bastón que me acompaña. Harta de la amabilidad de la gente, del amparo de los vecinos, de los asientos cedidos en el bus, del *pobrecita* que acompaña la voz de las madres cuando los pequeños susurran. En la oscuridad perpetua, acompañada del ruido de los autos, de la voz de los ayudantes del bus, de la música estridente que incita a los cuerpos a pegarse más, deseo que nadie me ceda su lugar, pero seguro mi hermano mirará a los otros con esa expresión de rabia que apenas recuerdo y alguna mujer me dará su lugar, mientras los hombres miran por la ventana los autos que pasan, las personas apresuradas, casas de colores, un perro. Mi hermano que me toma del brazo y me dice que en la próxima bajamos, como siempre toma mi bolso y pregunta de nuevo ¿para qué llevas espejo? Sonrío como siempre y le digo que para pintarme los labios.

Acá no huele como en los otros hospitales, sé por mi madre que hay salas de operaciones y recuerdo levemente las habitaciones, sus camas de metal y las sábanas que esconden cuerpos de párpados tapados. Aquí la gente no piensa en la muerte, la muerte no entra por los ojos, sale por ellos. Percibo los pensamientos, ellos temen no ver fútbol, que sus mujeres los dejen, que sus hijos los abandonen, que el trabajo termine sin pensión. Ellas temen a la oscuridad, a escuchar el gemido de otra en su cama, a la lástima que invade a los parientes. Luego están ellos, los siempre oscuros, que piensan en las formas de las tinieblas, que ríen del ritmo de los pasos y temen el canto de los pájaros. La espera, la ficha plástica que mi hermano pone en mi mano, el número 77 que acaricia mi pulgar y la voz mecánica que llama: 74. Cerca siento a alguien que me observa, como lo hace el señor de la tienda, como algunas miradas que se me cuelan entre mi ropa en los autobuses, en la calle. Recobro el sentido de mi cuerpo y recuerdo que peso tan poco, que apenas la piel se curva en los pechos, en las caderas, y siento esa mirada que me recorre, que se mete entre mis piernas y que imagina más allá de mi falda. 75 dice la voz en la bocina y la mirada me abandona y se marcha junto a unos pies de mujer que teme, que siente la mirada en otro cuerpo, los pasos se alejan y me siento tan sola. Mi hermano dice que vuelve en un momento, que va a preguntar por el médico, pero yo sé que va a verla a ella, la enfermera en la ventanilla de medicamentos, en el pasillo a la derecha, siempre vuelve con ese olor extraño y amargo que lo delata, con el cuerpo a medio humedecer. 76, la sonrisa de mi hermano llena el ambiente mientras se acerca de nuevo a mí para decir que el médico no tarda, que en unos minutos nos llamarán. Se sienta junto a mí y pregunto por qué sonríe, me dice que la enfermera ha prometido tomar un café con él, que esta vez me dejará sola con el médico y me toma la mano, lo noto nervioso, la sangre bombea, calienta sus manos. 77 anuncia la voz de la enfermera, el aroma de mi hermano crece. En el pasillo a la derecha escucho el movimiento de la enfermera, su perfume que intenta imitar a las peras crece, mientras la puerta de la sala de consulta se abre y huelo la sonrisa del médico. Ruego por que mi hermano no sienta su aroma acre, por que el perfume de la enfermera le tape los párpados y me deje a solas con el médico. Mi hermano se disculpa y dice que volverá en un momento, que aguarde en la sala de espera si la consulta termina antes de que él vuelva. No ha visto nada, no ha percibido los dientes blancos del médico, sus manos sin guantes que sudan un poquito. Tampoco se ha dado cuenta de mi sonrisa, si es que aún sonrío. Lo escucho alejarse y el médico me toma por el codo, me conduce hasta la camilla, dice que me apoye en él, en su hombro para subir las gradillas y sentarme. Luego me informa que lo primero que hará es revisar mis ojos. Como si fuera a recuperar la vista, digo y seguro sonrío, porque siento su sonrisa de vuelta, su mano que se posa sobre mi pierna izquierda y la misma mirada del carnicero cuando acompaño a mamá al mercado. Acerca su rostro al mío y siento el calor de una luz que apunta directo a mis ojos. Siento su respiración cerca, su boca que se abre mientras observa dentro de mis pupilas, la lengua que recorre sus labios y las narinas que se inflan mientras me respira. Afuera, en la bodega de medicamentos el perfume de mi hermano se impregna del aroma de la enfermera, su boca del sudor que corre por el cuello a esconderse tras la tela blanca que aún cubre algunas partes de su cuerpo. El médico me respira y no retira la mano de mi pierna izquierda, cambia de ojo y casi puedo sentir su lengua que juega a tocar mis labios. Los dedos de su mano se abren sobre mi pierna por un segundo y luego se retiran, justo en el momento en que su cálido aliento dice, bien, no hay problema, todo igual. Y luego se aleja, dejándome sola de nuevo. Se acerca al escritorio y garabatea unas palabras en mi expediente. Todo igual, repite y sonríe. Queda en silencio un momento, luego dice que mi hermano tardará un rato más y pregunta cómo me he sentido, cómo está el resto de mi cuerpo y vuelvo a sentir de él, la mirada del carnicero que se mete bajo mi falda. Digo que me duele un poco el cuello, que no sé si he dormido en mala posición y guardo silencio. De nuevo sus pasos, pasos que dudan acercarse y un leve chasquido de lengua que parece decir qué más da. Se acerca, me toma con las dos manos por el cuello y pregunta si duele allí, le digo que sí, pero que el dolor se extiende por la espalda, lo siento rodear la camilla y sus manos exploran mi columna, vértebra por vértebra, mientras la temperatura de su aliento aumenta poco a poco. Pregunta si también duele allí, donde él va tocando. A veces digo sí, otras que no, pero que duele y que el dolor se dispersa por el cuerpo, que a veces me duelen las piernas, los muslos. Siento mis mejillas que se encienden y percibo desde mi oscuridad su sonrisa de dientes blancos, mientras termina de explorar mi columna y me dice que seguirá con el examen general de mi cuerpo, pero que deberá calentarse un poco las palmas de las manos para que el frío no me moleste. Lo siento frotarse las manos contra el pantalón y el sonido de la tela me recuerda las noches de lluvia en las que tenía miedo y me pasaba a la habitación de mis hermanos, que esperaban el sueño de los otros para calentarse las manos. Rodea de nuevo la camilla y se pone frente a mí. Sus manos despiden un olor ácido y dulce, como a ropa recién lavada, toca de nuevo mi cuello y pregunta dónde más duele. No soy capaz de responder y él sonríe, dice que si quiero puede explorarme para identificar el dolor. Sonrío y él explora, recorre el camino de las miradas hasta mis rodillas, se detiene y pregunta si es allí donde duele. Niego sin decir palabra y sus manos levantan un poco mi falda. Quizá sonrío, él sigue hacia arriba, se acerca mientras explora despacio, dedo a dedo el exterior de mis muslos, luego sigue hacia adentro. Sonrío y despido el perfume húmedo que sólo yo conozco. No hay mucho tiempo y él lo sabe. Me dice que tengo la boca seca y la punta de su lengua recorre mis labios. Escucho la puerta de la bodega de medicamentos que se cierra y sólo puedo gemir un poco, suspirar y decir que en unos segundos entrará mi hermano. Al separarse el médico acaricia mis piernas y me dice que habrá que seguir con el examen otro día, que me dará cita justo a la hora de almuerzo de la enfermera para que mi hermano la acompañe. Mi hermano abre la puerta, yo espero sentada sobre la camilla, el médico se lava las manos y le entrega mi ficha. Hasta luego dice.

LAS BUENAS COSTUMBRES

Mamá hablaba de mi hombre ideal, de cómo habría de cuidar de mí, de las cosas dulces que al oído me iba a decir, de las noches de luna tomados de la mano, de los presentes, de la matemática de los helados.

Mamá decía que podía encontrarlo en el supermercado, en el cine, en el banco, en la calle, en un Rolls Royce, que sería un hombre alto, guapo, con ojos claros, de dientes blancos, de pecho ancho, de largas manos, de pies delgados, sensible, romántico, con futuro, quizás ingeniero, médico o pastor.

Mamá decía que a los veinticinco debía tener dos años de casada, mucama, al menos un hijo, un perro, una buena vajilla y no pagar alquiler.

Mamá decía que de nada me serviría estudiar, que dejara la medicina, que seis años de estudio, la especialización y el trabajo no iban a ayudar, pero que no dejara la facultad, que seguro allí encontraría al hombre ideal.

Conocí a Manuel que me tomaba la mano, a Andrés en un banco, a Marino en el cine, a Antonio en el supermercado, a Miguel en un Rolls Royce; a Augusto que era ingeniero, a Nicolás que me regalaba helados, a Daniel que era abogado y a Alberto que era pastor.

Mamá decía que Manuel no me cuidaba, que lo de Andrés no era profesión; que Marino era judío, que Antonio era pobre, que Miguel era chofer; que Augusto era muy feo, que Nicolás era artista, que Daniel era abogado y que Alberto olía a maricón.

A los veinticinco trabajaba en el hospital, no había encontrado al hombre ideal y vivía con mamá.

A los veintiséis no tenía mucama y vivía con mamá.

A los veintisiete no tenía un hijo, vivía con mamá.

A los veintiocho cerraba traumatología, no tenía perro y vivía con mamá.

A los veintinueve trabajaba en emergencias, no tenía vajilla, vivía con mamá.

El día que cumplí treinta busqué a Manuel que era médico, dos meses después a Andrés que manejaba un supermercado, a la semana a Marino que tenía un Rolls Royce, diez días después invité a Antonio a un helado, en diciembre tomé a Miguel de la mano, en enero encontré a Augusto que trabajaba en un banco, a la semana cité a Nicolás en el cine, en mayo localicé a Daniel que era abogado y ayer a Alberto que predica desde su balcón.

Hoy cumplo treinta y uno y tengo al hombre ideal. Le sobran algunas partes que luego he de desechar. Ahora está en la tina rodeado de frío y de silencio, mi hombre ideal. Caderas y piernas de Manuel, cabeza de Andrés, ojo azul de Marino, verde de Antonio, dientes de Miguel, pecho ancho de Augusto, largas manos de Nicolás, nada de Daniel que es abogado, pies delgados de Alberto, la piel morada, casi verde y el cerebro de mamá que sabe cómo mi hombre ideal se debe comportar.

Tengo que pensar en el perro, en la mucama, en comprar una buena vajilla, en la suegra ideal. Tengo que pensar en los invitados, en el juez que bendiga nuestra unión.

Tengo nueve meses, quizá un poco más para evitar las malas lenguas, para pensar en el niño, fruto de nuestra unión. Manuel, Andrés, Marino y Antonio eran padres. Debo observar si las partes de nuestro niño tienen todas la misma edad.

COSAS

Hago cosas hermosas con las manos. Construyo universos y pequeñas personas, esculturas, imágenes a mi semejanza en este espacio cerrado.

Al inicio no era así. Al principio la luz y el sol entraban por los ventanales, los paseantes se asomaban, decían hola, incluso dejaban flores en el balcón. Yo había encontrado un espacio, un lugar para ser. Exponía mis pequeños individuos de plastilina en los bordes de las ventanas, me divertía con ellos, me gustaba incluso que los niños los robaran, que disfrutaran con mis horas de trabajo. Construir un ser es una tarea inmensa, es pensar en las posibilidades, en las combinaciones que darán vida y argumento a su pequeño cuerpo de calcio y ácido esteárico, es pensar en su voz y en los motivos de su alma. El alma está compuesta de uñas. Según el largo de mis uñas puedo cortar dos o tres arcos de cada una. Dar almas completas.

La gente comenzó a agruparse junto a las ventanas para verme trabajar. Guardaban silencio y proferían un asombro cada vez que definía un ojo, que dibujaba una sonrisa, que otorgaba un alma. Disfrutaba trabajando. Luego el silencio se convirtió en murmullo, en palabras más o menos claras. Con el tiempo mi oído se afinó. Distinguí vocablos, fragmentos de frases, deseos sobre ojos verdes o labios delgados, sugerencias. Me gustaba el público, la aglomeración de cuerpos protegiéndome de la luz y el frío. Comencé a complacer a las personas que a toda hora se detenían a hablar junto a mi ventana. Me gustaba percibir la sonrisa a mis espaldas cuando lograba captar un camisa roja y vestía así a mi personaje. Me gustaban los chicos que se colgaban de los balcones, sus ideas sobre pelotas de fútbol, conejos mascota, revistas de cómics. Fueron ellos los que comenzaron a hablarme directamente, a enojarse y tirar piedritas cuando no los complacía. Los adultos, que al inicio los miraban con mala cara, que incluso los reprendían por imprudentes, comenzaron a comportarse de la misma manera. Comenzaron a pedir que les pusiera sus nombres o los de sus hijos, un lunar en la espalda, un pene grande. A veces quería cerrar la ventana, pasar la cortina. Pero ya nada de eso existía. Los vidrios estaban rotos, las cortinas se habían convertido en vestiditos para los seres de plastilina. La gente opinaba que la ropa del mismo material que el cuerpo, equivalía a estar desnudo, y había chicos cerca. Había que guardar la moral. Inició luego la asignación de credos y religiones, de ideologías y pasiones, de orientaciones sexuales y clases económicas. Las voces tras los ventanales eran una sinfonía para mí, tenían un ritmo que me embriagaba, que me obligaba a trabajar a toda velocidad. Produje decenas de figurillas al día. Ocupaban todo el espacio. Bloquearon la salida, perdí toda orientación dentro del cuarto, quedé en medio de los seres y sus fragmentos de vida. El público aumentaba y rotaba frente a las ventanas. La sinfonía era demasiado fuerte. No podía ya escucharme. Tenía hambre y demasiado trabajo. Comencé a alimentarme de los pequeños seres y la gente protestó. Dije que solamente me comería a los imperfectos. Ante el miedo a que sus creaciones desaparecieran, las personas comenzaron a llevarme comida. Pero no volví a encontrarle el gusto a los vegetales, ni a los quesos, ni al vino. Solamente acepté el agua. El agua y el cuerpo de los imperfectos. Las personas llevaron nuevos materiales, plastilina más fina, plastilina de colores, y yo escuchaba sus llantos y su petición de no comerme a tal o cual figurilla. Sin embargo la sinfonía de las voces hacía que mi cuerpo entero vibrara, que el espacio que me contenía me llenara de vacío, y ese vacío me provocaba hambre, ganas de saciarla. La ingesta de seres de plastilina era inevitable, pero por cada uno que comía se formaban en mis manos cinco más, en respuesta a las plegarias. Comencé a producir seres en serie. Cinco troncos, cinco pares de brazos, cinco pares de piernas, de ojos. A veces alguno tenía un ojo de más, uno de menos.

Los cuerpos aglomerados tras los balcones se convirtieron en una masa perenne. La luz entra solamente por los espacios entre los cuerpos. Por la noche, la noche de afuera, decenas de linternas me ciegan, no me permiten ver los rostros de quienes las sostienen, solamente puedo ver mis manos que trabajan, que forman cuerpos. Las uñas no crecen al ritmo de la producción de figurillas. Como uno y nacen cinco más que comparten un alma. Antes de comer retiro el pedazo de uña, lo coloco en algún lugar y cuando construyo nuevos seres corto los arcos de uña en cinco pedazos, los pongo, unos más grandes que otros, en los nuevos cinco cuerpos. Cinco cuerpos que en algún momento compartirán su pedazo de alma con otros cinco. El sabor de las figurillas es proporcional a la porción de uña y a mi hambre. A menor porción de alma, mayor hambre, mayor ansiedad, mayor consumo de seres de plastilina, mayor producción de nuevos monigotes.

En algún momento quise parar pero la oscuridad de los cuerpos, su voz, su sinfonía amenaza con derribar mis paredes, con arrasarme y luego abandonarme, dejarme en soledad. Amenaza con devolverme a un mundo en el que soy una figura de plastilina.

Tengo hambre. Mis uñas no crecen más. Creo que cerca de la ventana, de la fuente de la sinfonía, hay aún unos monigotes con fragmentos de alma.

Estás

Estás allí, tras la ventana, sentado junto a mí en el bus, presente al momento del café de la mañana. Estás. Te has pegado a mi cuerpo, te reproducís en mi ropa, veo tu rostro en cada esquina. Camino y te veo a vos, siento tu respiración en el cuello, las manos de dedos grandes que me esperan en el supermercado, que están siempre atentas, dispuestas a atraparme. Huyo, camino rápido, no escucho, huyo de vos. Guardé todos tus recuerdos en una caja de galletas. Tus manos de grandes dedos, los sapos de turrón y los animales del circo que me regalabas. Creí que me dejarían en paz. Que el aroma que aún quedaba de las galletas de mantequilla suavizaría tu recuerdo, dormiría tus palabras y me haría olvidarlas. Creí que olvidaría el roce de tus manos. Guardé la caja al fondo del armario, detrás de ropa, abrigos, cajas de zapatos, detrás de torres de bellas revistas, de vestidos largos que cubrieran el brillo de la caja. Ahogué tus canciones tras botellas vacías de perfume, me olvidé de vos, te dejé en la última esquina de la memoria, esperando que murieras, abrir el periódico y encontrarme con tu obituario, con el pésame a tu esposa y a tus hijos. Guardé todo en la caja de galletas que la abuela abría cada vez que llegabas a casa. Intenté olvidarlo todo, quemar todos los recuerdos. Lo intenté desde el día que cruzaste la puerta de mi casa para impregnarte en mi cuerpo. Pero tus fantasmas me persiguen. Las palabras, el roce de tus manos, el color de tu piel surgen con más fuerza cada vez que quiero olvidarte. Cada vez que destapo la caja y prendo fuego a los animales de circo, a los sapos de turrón, a tus manos de dedos grandes, que se queman ante mis ojos y me dan momentos pequeños de felicidad. Felicidad que termina, felicidad que se acaba cuando las llamas se extinguen y con tu asquerosa sonrisa como soplo de vida, se recomponen tus manos de grandes dedos, los animales de circo y los sapos de turrón. Escondo tu voz tras la música, detesto tu rostro en otros, evado el color y el aroma ácido de tu piel. Intento, ruego, quiero, deseo olvidar tus manos. Encontrarme con manos nuevas, con dedos delgados, con una boca que no me recuerde a la tuya. Intento, ruego, quiero, deseo, conjuro borrar tu voz de mi memoria, el aliento pesado en mi cuello, la promesa de turrones, de completar el circo. Cubrí tus recuerdos de recortes de periódico, de calcomanías y dibujos. Los dejé al fondo de la caja, rodeados de postales de viaje, fotos de familia, letras de canciones que ahogaran tu voz. Convertí a mis amigos imaginarios en carceleros, ordené que acabaran contigo, que te torturaran hasta obligarte a dejarme. Pero nunca lo hiciste. Seguís allí. Estás. Deseando que otro cuerpo se acerque a mí para volver a ocuparlo, para que no sienta nada más. Nada más que no seás vos, que no sean tus manos. Y yo ignoro el brillo de tu mirada en otros ojos, invento tonos graves que cubran tus palabras, intento convencerme de que no estás allí, que esta vez has desaparecido, que no volveré a escucharte, no volverán los fantasmas de los animales de circo. Pero siempre estás, siempre otras manos me hacen recordar las tuyas. Desde el primer día decidiste acompañarme hasta la muerte. Me obligaste a aceptar tu compañía, a huir cada vez que siento tus manos de dedos grandes en el roce de dedos delgados. Me obligaste a aceptar sapos de turrón y animales de circo. Exigiste silencio y te impregnaste en mí, en las sillas y los muebles que replican tu regazo. Dejaste la temperatura de tu piel en todas las manos. Y yo escapo, escapo de todas las personas, corro, huyo, en todas estás vos, explorando mi cuerpo, mis piernas de cinco años.

Ciudadanía

Llegar a la mayoría de edad es algo importante para cualquiera. Es el momento de ser un verdadero ciudadano, de participar y de volverse parte del futuro del país. En cinco días cumpliré esta edad llena de responsabilidades y podré tener lo mismo que mi hermana, que mis padres y eso me emociona mucho. Podré pasearme por las calles llevando con orgullo los símbolos de la ciudadanía y de la justicia. Mamá me cuenta que antes no era así, no había paz, que en un momento se volvió temerario salir, subirse en un bus, ir al parque. Era imposible vivir. Ellos lo tenían todo tomado. Los periódicos, según papá, mostraban las atrocidades que ocurrían. Todos los días había un recuento de muertos, de violaciones, de robos y asaltos, de balaceras que ocurrían en las calles. El ambiente era intolerable, añade el abuelo, el país era un caos, dice la abuela. Todos tenían miedo. Y me describen cómo antes de salir se encomendaban a las fuerzas superiores. Los que quedaban en casa rezaban para que no pasara nada malo a sus queridos y encendían velas de colores para proteger a cada miembro de la familia. No era posible ya vivir, dice mi tía. Al día siguiente de mi cumpleaños iremos a la municipalidad para recibir las credenciales e implementos que validen mi ciudadanía. Mamá me ha traído hoy el catálogo para que escoja el modelo del accesorio más importante que deberé llevar el resto de mi vida para que todos sepan que soy parte del movimiento de paz. Algunos de mis amigos de la escuela tienen ya los suyos, al fondo del aula hay un espacio para dejarlos. Quiero ser como ellos, como ellas que pasean su ciudadanía a la hora del recreo, que almuerzan acompañados del orgullo de la paz. En unos años, esperan las autoridades, no habrá más. En el catálogo hay un poco de todo. No exactamente lo que yo quería. Siempre soñé con tener uno como el de mi hermana, pero ya no hay en existencia, esos se acabaron el año pasado. Los que quedan no son tan tiernos como los de ella y sus amigos. Cuando se acaben, dejaremos de usar estas máscaras, bueno, eso será en unos años, pero podremos vernos a la cara y todos verán nuestras sonrisas. Respiraremos por fin el aire no contaminado por el aroma de los no-ciudadanos. Papá prometió llevarme mañana a la escuela de tiro. Parte de esta ciudadanía es el arma que usaremos para conseguir el accesorio. Las armas son prestadas por la policía en cada promoción de nuevos ciudadanos. Las usamos una vez, solamente una vez en nuestra historia y luego pasan al museo de buenas costumbres y nuestro nombre se agrega a la lista de patriotas que los han utilizado. Ahí descansarán hasta que los ciudadanos del próximo mes adquieran sus credenciales. Yo tengo la suerte de que mi cumpleaños es tan sólo un día antes del acto, no me pasa como a otras personas que deben esperar días o semanas para cumplir con el deber. Mamá me apresuró un poco a elegir, dijo que hay que reservarlo hoy de una vez. Elegí uno lleno de adornos, lleno de letras y dibujos que hacen evidente que se trata de un no-ciudadano, de un premio a mi compromiso con el proceso de paz. He escuchado la historia miles de veces desde la infancia. La vida ya no era vida, como decía mi tío. El temor asechaba tras las puertas y las ventanas. Los candados y las trancas no eran suficientes. Tampoco los barrotes ni el alambre espigado y electrificado que un día adornaron las casas de todas las ciudades y pueblos. Ellos estaban en todas partes, los sembradores de terror y sus defensores que, según mi tía, blandían la bandera de los derechos humanos para defender la vida de los más crueles y violentos, de los violadores de niños y mujeres, de los asesinos de personas indefensas, de los que llenaban de terror las calles y los parques. La salvación vino del norte, asegura el vecino. Habían pasado años y gobiernos. Uno tras otro ofrecían cambiar las cosas, llevar la paz a los cuatro puntos cardinales. Yo tengo muy pocos recuerdos de eso, aún me ocupaba del mundo de fantasía y de juegos cuando el movimiento inició, pero sí es cierto que el encierro era casi obligatorio. Una vecina, que era maestra, nos daba clases en el garaje de casa, donde las mamás del barrio habían habilitado una escuelita. Mis vecinitos llegaban en una carrera mientras los hombres cuidaban las esquinas armados con machetes, cuerdas, algunas cadenas, palos afilados y un par de galones de gasolina. Todos estaban listos para atrapar a algún malhechor, como se les llamaba en esa época a los no-ciudadanos, a los no-humanos. Al fondo de la cuadra los vecinos acondicionaron un espacio y en las noches se condenaba y prendía fuego a los capturados. Recuerdo el aroma a carne quemada que inundaba las calles del barrio. En cada cuadra se hacía justicia y se impedía que la policía o los defensores de no-humanos, llegaran a tratar de protegerlos con el absurdo argumento de la falta de oportunidades. Según cuenta la vecina, por esos días se hablaba de cambiar las políticas públicas, de dar educación, salud y alimentación a todos, de hacer eficaz el sistema de justicia y contrarrestar la generación de delincuentes, violadores y demás especies nefastas, que eran considerados humanos, como nosotros. Pero todo era puro discurso, agrega mi cuñado, unos años mayor que mi hermana, y cuenta que las personas fueron desobedeciendo las leyes, lo cual era muy justo ya que las autoridades y los funcionarios no hacían más que hablar y hablar, sin que nada de esto lograra proteger a las buenas personas. Las calles fueron cercadas y poco a poco en cada una se instaló un área de juicios, desgraciadamente esto no hizo más que aumentar la violencia, cuenta mamá, los malos consiguieron armas súper poderosas, granadas, metralletas. Estalló la guerra, me dicen y creo recordar que por las noches nos encerrábamos en una habitación alejada de la calle y dormíamos allí. La salvación, como dice el vecino, vino del norte. La situación era similar en esas tierras y poco a poco fueron accediendo a probar los nuevos estándares de ciudadanía en éste y otros países del sur a fin de ver si funcionaría para ellos, así que un día, sin más, entraron. Papá recuerda que por cadena nacional se dieron las declaraciones presidenciales en las cuales se agradecía al gobierno del norte y se permitía que los buenos ciudadanos –los sin dibujos ni letras, los que no aspiraban productos para fabricación de calzado y alcoholes de farmacia, los no consumidores de drogas, entre otros– fueran los constructores de la paz y la tranquilidad. Ellos supervisaron todo. Según cuentan los mayores, se establecieron parámetros para atrapar a los malhechores, perfiles físicos y psicológicos para detectarlos desde chicos, de allí que el de mi hermana mayor tenga un aire de ternura. Algunas madres con todo el dolor del alma, pero con el patriotismo como bandera, entregaron a sus familiares, a sus propios hijos, a las vecinas que cobraban pocos centavos por servicios sexuales. En los barrios se instalaron iglesias en cada cuadra, iglesias en las que se lloraba el entregar la vida de los otros, pero en las que se obtenía la salvación por contribuir buenamente con la patria. Nuestra patria tuvo el privilegio de ser parte de la primera fase, que poco a poco se aplicó en todo el sur del planeta y finalmente, en algunos lugares en el hemisferio norte. Lo primero fue atraparlos a todos y hacinarlos con los que ya estaban presos. Afortunadamente las cárceles fueron resguardadas por los militares del norte. Se prohibió ejecutarlos, pues habría que decidir cómo cada uno de nosotros, de los ciudadanos honestos y patriotas, participaríamos y haríamos latente la contribución a la paz. Después de un mes en el que todas las actividades académicas, comerciales, sociales y culturales pararon, estaban todos encerrados. Junto a los no-humanos se capturó también a aquellos que se decían defensores de los derechos humanos, que aún intentaron protegerlos y denunciar la inhumanidad de las medidas. Pero ya no había quién escuchara. El norte estaba de acuerdo con nosotros, con el modelo implantado. Debido a que el espacio en las cárceles resultó limitado –contaba mi tío– durante unos días estuvieron encadenados en parques y plazas, mientras en los barrios se excavaban profundas fosas que se usarían como cárceles. Cuando estuvieron todos presos, y como era cuestión de un proceso colectivo de construcción de la paz, se decidió que era necesario que cada persona que había contribuido, pudiera demostrarlo. Al fin de cuentas eran millones, casi tantos como los ciudadanos, quizá más. Como era cosa de limpiar la sociedad, se decidió purgarla de todos los males. Políticos, ladrones, asaltantes, violadores, chismosos, herejes, homosexuales, madres no abnegadas, infieles, malos estudiantes, pequeños rateros de escuela, corruptos, mentirosos, vulgares, malhablados, intelectuales, artistas, fueron eliminados. Así se decidió que cada humano, cada ciudadano debía hacerse cargo de contribuir con el proceso, aniquilando a un no-humano. Importante era que cada hogar patriota contara con un símbolo de construcción de la paz, pero más importante aún, era que los jóvenes, los que en ese momento éramos chicos, nos sintiéramos parte del proceso, que viéramos a los ojos a los delincuentes para no animarnos a los malos pasos. Así, por hogar, por familia que viviera en una casa, se entregó a un no-ciudadano. Para no ser como ellos, la ejecución debía ser pronta. Un tiro en la sien, dado por el padre o la madre de familia, según sorteo. Luego los cuerpos debían ser embalsamados y colgados a la entrada de las casas. El nuestro está prendido del balcón, ya queda muy poco cuero seco en los huesos, hemos pegado la mandíbula con cemento y pronto habrá que usar alambre para readecuar los huesos. Las mascarillas nos permiten soportar el pútrido aroma de los cuerpos. Luego se tomó la decisión de que los jóvenes tendrían el privilegio de adquirir uno propio al momento de cumplir la mayoría de edad y que este accesorio debía acompañar a los ciudadanos toda la vida, así que después del rito en el que se contribuye a la paz, debemos llevarlos con nosotros a todas partes, sentados en sillas de ruedas. Para esto, los cuerpos son embalsamados. Un par de días después del acto, deberé ir por el mío al depósito municipal, al igual que los demás, el cuerpo estará desnudo aunque sin los órganos sexuales, que son removidos en los hombres y suturados en las mujeres. Los ojos y los labios también son sellados con hilo de acero, las manos maniatadas con unas lindas esposas de alambre espigado, construidas con el alambre que fue removido de las casas con la llegada de la paz. El mío llevará unas pintadas de azul patria. A pesar de que de vez en cuando se colectan más accesorios, es posible que solamente aquellos que cumplimos la mayoría de edad este año y el próximo, tengamos la suerte de ser considerados aún constructores de la paz. Las siguientes generaciones serán las herederas de lo que nuestros padres, abuelos y nosotros construimos, y según los planes del gobierno, solamente algunos privilegiados, los que saquen las mejores calificaciones o se destaquen en las artes oficiales, podrán concursar por los nuevos.

A veces he escuchado a algunos mayores de la familia hablar en sueños. Balbucean "injusto", "inocentes" o el nombre de alguien y una lágrima, que escapa de sus párpados arrugados e inquietos, corre por sus mejillas. Siguiendo las órdenes del gobierno he de prestar atención a esto, tratar de identificar una señal concreta de sus dudas y de su posible oposición a la paz.

Quizá algún día, una calle lleve mi nombre y el cuaderno en el que apunto mis ideas forme parte del museo de las buenas costumbres.

Costumbre II

Café. Cigarro. La última página del periódico. Esta mañana el obituario lleva tu nombre.

Contenido

Esta segunda edición de *Buenas costumbres* de Denise Phé-Funchal, se terminó de imprimir en el mes de junio de 2019, año del centenario del nacimiento de Carlos Solórzano Fernández (1 de mayo de 1919-30 de marzo de 2011), Premio Nacional de Literatura "Miguel Ángel Asturias", 1989 y Luz Méndez de la Vega (2 de septiembre de 1919-8 de marzo de 2012), primera mujer en ganar el Premio Nacional de Literatura "Miguel Ángel Asturias", 1994. F&G Editores, 31 avenida "C" 5-54 zona 7, Colonia Centro América, 01007. Guatemala, Guatemala, C. A. Teléfonos: (502) 2292 3792 – (502) 5406 0909 informacion@fygeditores.com www.fygeditores.com

www.ingramcontent.com/pod-product-compliance
Ingram Content Group UK Ltd.
Pitfield, Milton Keynes, MK11 3LW, UK
UKHW041844200726
13854UKWH00005BA/2050

9 789929 700529